생각한다

KB191423

나는
생각한다

IK DENK 생각한다

잉그리드 고돈 그림 톤 텔레헨 글 안미란 번역

L°
B

온갖 사람들의 모습이 당신 앞에 나타난다

서문 바르트 무이아르트 (Bart Moeyaert)

그림책과 YA 문학, 에세이, 시, TV와 영화 각본에 이르기까지 다양한 작품을 선보인 벨기에의 대표 작가이다.
1983년 첫 작품 <Duet met valse noten>을 냈으며 1992년에는 <Kus me>로, 1995년에는 <Blote handen>로
Boekenleeuw 상을 받았다. 2019년에는 아스트리드 린드그린 추모상을 받았으며 여전히 왕성하게 활동 중이다.

생각은 정돈과 비슷하다. 잡동사니 하나를 손에 들고 그것의 제자리가 어디일지
찾는다. 그 자리는 어떤 상자일 수도 있다. 상자를 열었다 닫으면 일은 바로 끝난다.

하지만 실은 그렇게 착착 정리되지 않을 때가 더 많다. 생각이란 보통 시간이 걸린다.
잡동사니를 손에 들었지만, 무엇인지 알아볼 수 없다. 어디서 온 것인지도 모른다. 본 적 없는
물건이다. 적당한 자리가 어디인지 전혀 알 수가 없다. 이 잡동사니도 분명 어딘가 제자리가
있을 텐데, 그게 어디일까? 뱅그르르 한 바퀴를 돌아본다. 한 번 더, 한 번 더. 대개 바로
그 순간 밖이 어두워지거나 뇌우가 시작되거나 집 안의 전구가 모두 나간다.

이 물건이 들어갈 상자를 찾는 데 꽤 시간이 걸릴 수도 있다. 그 상자가 자루 안에 꽁꽁 싸여
있는 건 아닐까? 큰 궤짝 맨 아래나 장롱 깊은 곳에 감춰져 있을 수도 있고. 아니면 어디 다른
곳에서 사흘 후 한밤중에 발견될 수도 있다.

한쪽 복도를 따라 더듬어 보고 또 다른 방향으로 올라가 봐도 영영 제자리를 못 찾는
잡동사니도 있다. 평생 이 잡동사니를 치우지 못하고 끼고 살게 될 수도 있다. 성가시게
들리기는 해도, 큰 문제는 아니다.

아무튼 생각한다는 게 번거롭게 들릴지도 모르겠다. 사실 우리는 그냥 가만히 앉아 햇빛이나
쬘 수도 있다. 무릎에 차 한 잔 얹어 놓고 노래나 흥얼거릴 수도 있고. 잡동사니가 굴러다니면
크게 신경 쓰지 말자. 그러다 보면 옆에 그 잡동사니가 나온 상자가 있을 거다. 상자를 열었다
닫으면 일은 바로 끝난다.

거울을 들여다보듯
　그 얼굴들을
바라보자

잘 생각해 보자 다 뒤집어 놓지 않고 가만히 앉아 햇빛을 쬐며 흥얼거려도, 별로 만족스럽지는 않다. 우선 뒤죽박죽이 되는 걸 피할 수 없다. 문틈으로 먼지가 들어오듯, 빈 찻잔만 들여다보고 있으면 모르는 새 이런저런 일들이 벌어진다.

깔끔한 방이 무슨 소용인가. 전망이 좋지 않으면 사는 게 아닌데.

솔직히 말하자면, 나는 손에 잡동사니가 있는 걸 좋아한다. 그것의 제자리를 찾는 걸 좋아한다. 나는 정리하는 게 귀찮기보다는 즐겁다. 상자를 바로 찾으면 기쁘다. 물론 때로는 내 머릿속 가장 어두운 구석이 두렵긴 해도 나는 정리를 안 하고는 살 수 없다. 숨을 안 쉬고 살 수 없듯이. 나에게 이 두 가지는 똑같이 중요하다.

페이지를 넘기면 내 말을 이해할 것이다. 온갖 사람들의 모습이 당신 앞에 나타난다. 거울을 들여다보듯 그 얼굴들을 바라보자. 어쩌면 먼저 자신부터 봐야 할지도 모르겠다. 햇빛 드는 자리에 앉아 무릎에 차 한 잔 얹어 놓고 짐짓 예언하자면, 어떤 소녀의 얼굴은 과거의 당신을 만나게 해 줄 것이다. 착하거나 말 안 들었던 지난날의 당신을. 어떤 남자는 당신의 미래를, 나이 든 당신을 보여 줄 것이다. 불안할 지 모르겠지만 틀림없이 그럴 것이다.

한 장씩 넘기면서 눈에 보이는 것과 보이지 않는 것을 보고 행간을 읽다 보면 조금씩 조금씩 생각이 정리될 것이다. 잉그리드 고돈과 톤 텔레헨의 놀라운 생각이 두 팔 벌려 당신을 맞이한다. 그러고 나면 당신은 절대 생각을 멈추기 힘들 것이다.

나는 무엇이든 마음대로 생각할 수 있다.

　　생각의 좋은 점이 그것이지. 애쓸 필요도 없다.

　　내가 고래라고 생각할 수도 있고, 아멘호테프 24세 파라오의

　　고관대작, 바벨탑, 하얀 코끼리, 페루에서 가장 높은 산,

　　폭포, 혜성, 큰곰자리라고 생각할 수도 있다. 하지만,

　　기껏 애를 써도, 알 수 있는 건 아무것도 없다. 알다시피.

　　생각이란 무엇일까? 알 수만 있다면!

　　어쩌면 아는 것의 반대가 생각인가 싶다.

나는 생각이 바다와 같다고 **생각한다.** 머릿속에서 철썩 쏴아아

뒤집어지는 바다. 거품을 머리에 인 집채 만한 파도가 치다가도

다음 순간 거울처럼 매끄럽게 달빛에 반짝이는 그런 바다.

바다는 매번 다르지만 그래도 늘 같은 바다이고, 늘 같은 수평선이다.

그 너머에는 땅이 있는지도 모르겠다. 없을 수도 있고.

그런데 나는? 나는 불어왔다가 잠들고, 또 불어와서는

거센 폭풍처럼 생각을 들쑤셔서 날뛰게 하고는

또다시 잠드는 바람과도 같다.

안다는 건 마치 썰물 때 해안에 고여 있는

물 같다고 생각한다.

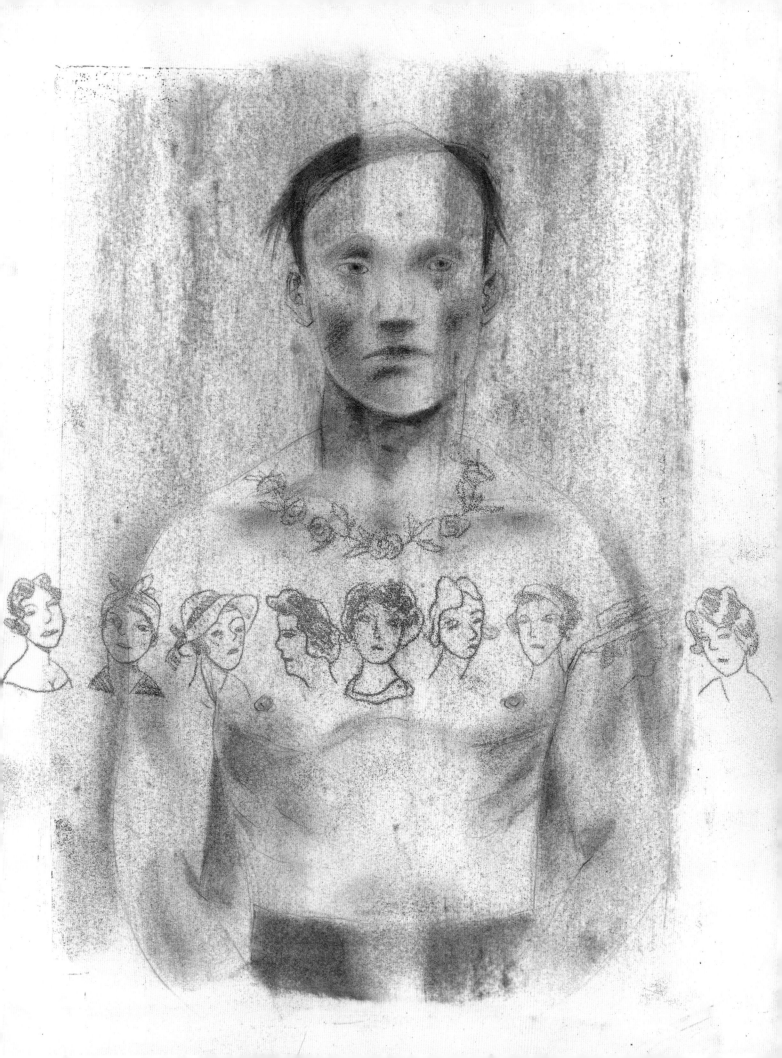

생각을 생각한다.

한번은 내 뇌의 회백질을 헤치고 다니면서 여기 저기

구겨진 신경을 펴고 부서진 말단들을 연결하고

망가진 세포들을 쓸어 담고 다른 시냅스들을 만들고는

나의 말끔하고 새로운 생각에 푹 빠지고, 내가 무엇을 알고

무엇을 모르는지 확인하고 싶다.

내가 놀랄 수도 있겠지. 내 회백질도. 하지만 아무것도

놀랍지 않고 아무것도 이상하지 않을 수도 있다.

나는 똑같은 일을 백 번 천 번 생각한다.

예를 들면, 내일은 치과에 가야 한다고 생각하지만

곧바로 발이 시리다는 생각과 초콜릿이 먹고 싶다는

생각이 밀고 들어온다. 하지만 금세 다시 생각한다.

내일은 치과에 가야 한다고.

알지. 그 생각을 다시 할 필요는 없다고 이내 생각한다.

하지만 그래도 마찬가지. 잠시 후 또 그 생각을 하고 있다.

반면에 하루 종일 생각하고 싶은 것들도 있다.

그 생각이 나면 나는 혼잣말을 한다. 그래, 맞아!

이 생각은 하고 싶을 때마다 하라니까!

하지만 바로 또 다른 생각을 한다.

생각은 수수께끼 같다.

그것은 나를 크게 신경 쓰지 않는다.

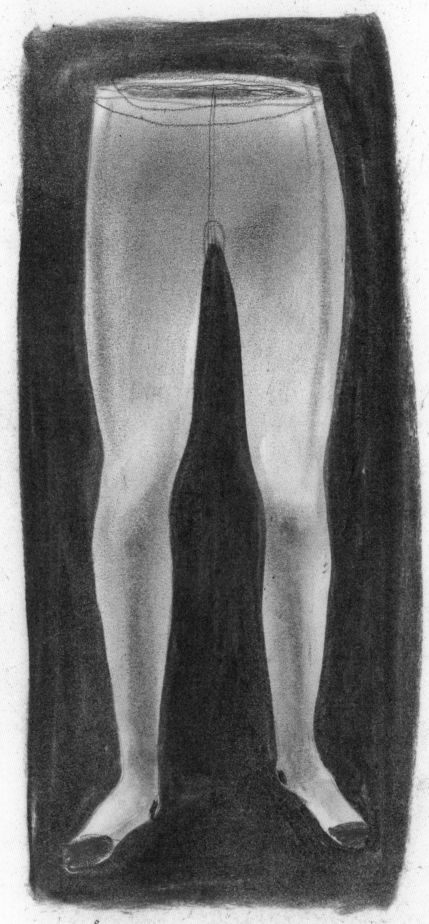

— 100% wool S · M · L · XL —

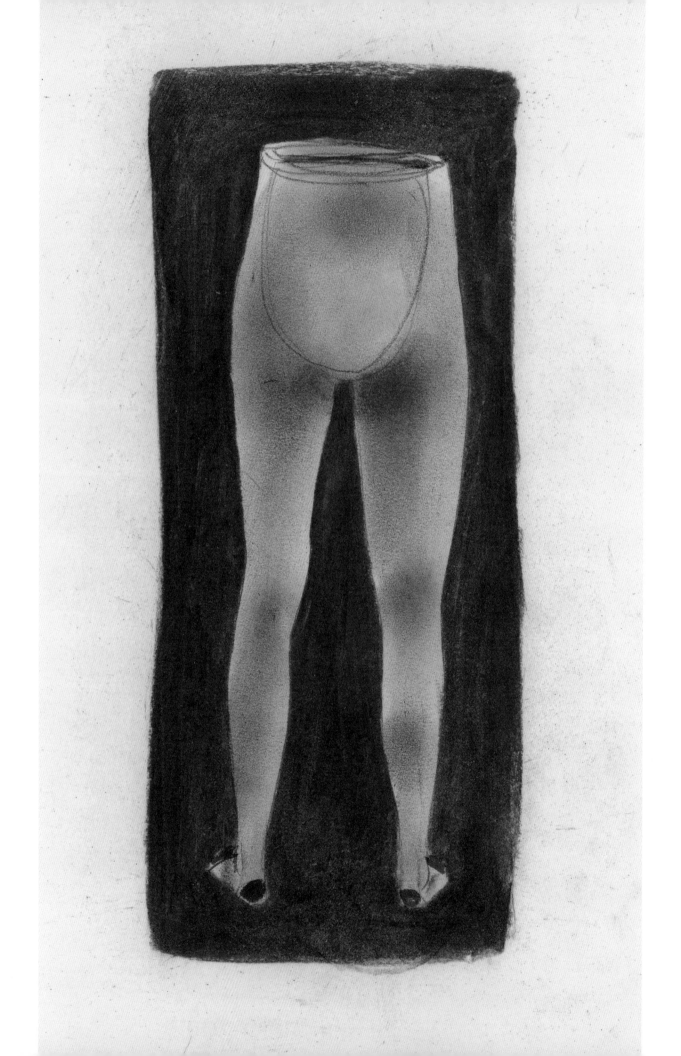

나는 너를 좋아한다고 생각한다.

그리고 전혀 안 좋아한다고도 생각한다.

나는 거울 앞에 서서 혼잣말을 하며

한참 고개를 젓는다.

나는 그렇게 생각하면 안 되는 걸 알지만,

이 생각이 쓸데없다는 것도 안다.

내가 흉하다고 여기는 것들을 생각한다.

흉한 집.

흉한 음악.

흉한 그림.

하지만 내가 흉하다고 여기는 것들도 누군가는 아름답다고

여기겠지. 나는 내가 지금까지 본 가장 흉한 얼굴의 남자를 안다.

코도 흉하고, 입도 흉하고, 귀도 흉하고, 눈은 더 흉하다.

내 얼굴이 그렇다면 집밖에 절대 안 나가고 거울을 모두 버릴 텐데.

하지만 그를 사랑하는 아내가 있어서

그 남자 얼굴이 세상에서 가장 아름답다고 말한다.

그 남자가 나에게 그렇게 이야기했다.

나는 생각한다. 누구나 사랑하는 사람이 한 명쯤은 있을 거라고.
자기 엄마나 아빠, 할머니, 옛날 선생님, 남자 친구나
여자 친구 누구라도. 사랑하는 사람이 없다면 개나 비둘기,
겨울에 창틀에서 빵 부스러기를 참을성 있게 기다리는
박새라도 있을 것이다.

하지만 누군가가 아무도 찾지 않는 먼 초원에 살거나 아니면
창에는 커튼이 쳐져 있고 문에는 이중 자물쇠가 잠긴 고층 건물의
48층에 살기 때문에 어떤 인간도 동물도 사랑하지 않는다면,
적어도 자기 자신을 사랑하리라.

만일 그 사람이 자기 자신도 사랑하지 않는다면,
그럼 나도 모르겠다. "그럼 저라도 사랑해 보시지요!"라고
그에게 외치거나 편지를 써 보내겠다.

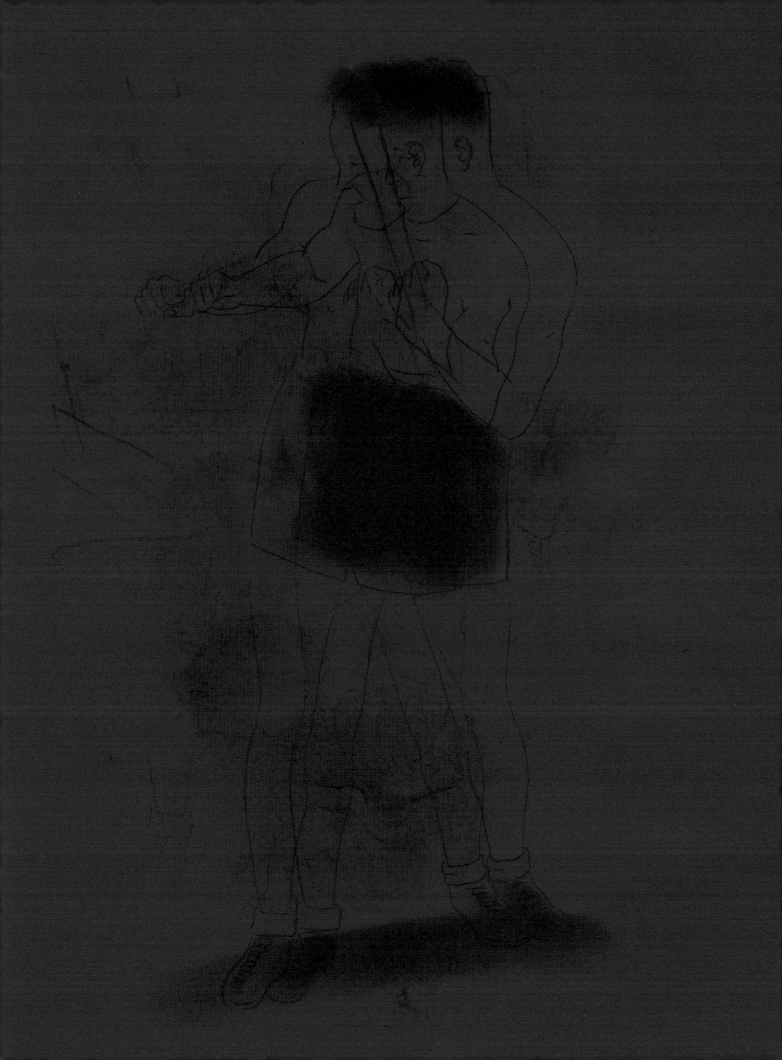

나는 생각하고 싶지 않은 것들을 자주 생각한다.

마치 머릿속에 작은 악마가 앉아서 내가 무엇을 생각할지
결정하기라도 하듯이. 그 악마가 명령하면 나는 고문을 생각한다.
내 눈이 파이고, 혀가 뽑히고 악어에게 던져지거나 화형 당하는.
그리고 주위에서는 비슷하게, 어쩌면 더 심한 고문을 당하는
다른 이들의 비명이 들린다.
악마는 이어서 내가 부끄러워하는 일들을 생각하게 한다.
그러고는 입술을 꼭 다문 소녀, 고개를 젓고 나를 쳐다보려고도
하지 않는 소녀를 생각하게 한다. 그 소녀는 내가 지겹다.
하지만 악마도 언젠가는 잠이 든다. 그럼 나는 그 소녀가
나를 지겹게 생각하지 않고, 내가 자기를 생각해 주기를
간절히 바랄 거라고 생각한다.

나는 **생각한다.** 속이려면 속일 수 있다고.

나는 스스로를 얼마든지 속일 수 있다. 내가 나쁘다고,
비겁하고 악하다고. 이유는 모르겠지만 잘못했다고.
아니면 내가 특별하다고, 용감하고, 관대하고, 선하다고,
비록 증명은 못 하지만 무죄라고. 하지만 불행할 때는
내가 행복하다고 속이지 못한다.

세상에서 제일 이상한 건 어쩌면 생각이라고 생각한다.

'자, 한번 생각을 해 보자'라고 생각하면…

이미 생각하고 있는 것이고, '이제 생각하지 말자'라고 해도

계속 생각하고 있는 것이다.

식사, 잠, 독서, 싸움, 사랑… 무슨 일이나 시작과 끝이 있다.

하지만 생각은 안 그렇다. 내 생각에는 사람들이 병이 들거나

사고를 당하지 않고도 결국 죽는 건 똑같은 이유인 것 같다.

다들 생각하는 게 너무너무 피곤한 것이다.

피곤해 죽겠다고 하는데, 괜한 말이 아니다.

죽어야 비로소 처음으로 생각을 멈춘다.

편히 잠들라고들 말한다.

하지만 이제 생각 없이 잠들라고 해야만 할 것 같다.

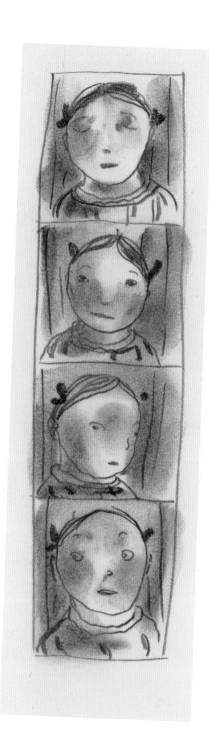

나는 생각한다. 뭐라고 생각하고, 이렇게도 생각하고,

그렇게 생각하지 않고 아무래도 그렇게 생각하고

아마 그럴 거라고 생각하고 그리 생각하는 적이 없고

어쩌면 그렇게 생각하고 사실은 이렇게 생각하고 늘 생각하고

자주 생각하고 대개는 그렇게 생각하고 늘 그렇게 생각하고

지금은 이런 생각이고, 무엇보다도 그 생각이고 분명히

그렇게 생각하고 그저 그렇게 생각할 뿐이고

무작정 생각한다. 가장 자주 하는 건

바로 무작정 하는 생각이다.

이것이 나의 자화상이다.

내가 태어나기 전의 시간을 생각한다.

그 시간은 내 죽음 이후의 시간과 같은 종류의 시간, 즉 영원이다.

나는 언제나 죽음이 두렵고, 아침이 오기 전에 죽을 수도,

영영 죽을 수 있다고 생각하면 밤에 잠이 안 온다.

나는 태어나기 이전의 시간도 두려워해 본다. 그 또한 끝없는 시간이지만,

방향이 반대이다. 하지만 아무리 노력해도 이 시간은 두렵지가 않다.

마치 존재하지 않는 시간인 것처럼!

왜 그럴까?

나의 생각을 둘러싼 담장이 있다고 **생각한다.**

생각은 도망치려 하고, 이제라도 한번 다른 사람의

생각이 되어 보고 싶어한다. 늘 내 안에만 갇혀 있는 데

지쳤으니까.

생각은 틈새로 엿보고, 쪽지를 쓰고, 누군가

담을 허물어 주리라 기대하며 밖으로 쪽지를 던진다.

밖에는 세상도 있고 사람들도 모두 담장 밖에 있다.

다들 담장을 보고 그게 나라고 생각한다.

담장. 자그마하고 무너져가는, 순수한 담장.

그 뒤에 무엇이 있는지는 아무도 모른다.

햇빛이 비친다.

다들 나에게 인사를 건네고는 가던 길을 간다.

나는 가끔씩 나를 가로막고 있는 담장에 대해 **생각한다.**

극복할 수 없는 한계, 내가 이해하지 못하면서도

망설이게 만드는 나락, 내가 보지 못하는 함정,

내가 저지른 실수들:

부적절한 말들, 누가 봐도 바보 같은 행동들, 심각한 오판,

부끄러운 실수, 내가 하려고 했던 일들이나

어쩌면 했어야 하는 일들, 가망 없는 일들,

놓치고 지나쳐 버린 순간들…

생각은 피곤한 일이다.

나는 화났을 때 계속 화나 있겠다고 생각한다.

하지만 기쁠 때도 그렇게 생각하고,

괴로울 때도 그렇다.

그래도 결국에는 지나간다. 아무리 화가 나고,

아무리 기쁘고 괴롭더라도. 그것도 다 이유가 있겠지.

지나간다, 모든 것은 지나간다. 시간이 하는 일이다.

시간은 못 하는 게 없다.

나는 맨 처음 창조된 게 무엇일까 생각해 본다.

그건 하늘이 아니고, 땅이나 빛이나

말씀도 아닌 시간, 맨 첫 1초이다.

맨 첫 백만 분의 1초.

다른 건 모조리 그 다음에 생겼다.

행복할 때는 행복이 정상이라고 생각한다.

다들 그렇게 생각한다.

하지만 결코 그렇지 않다!

행복은 비정상, 별나고 이해하기 어렵다. 마치 뒷짐을 지고

땅에서 50센티미터 떠서 여유롭게 공중을 산책하는 것처럼.

아니면 마치 개가 갑자기 눈썹을 찡그리고

"가만히 있으라고? 매일같이 가만히 있으라니.

나도 너보고 가만히 있으라고 안 하잖아!" 하고 말하는 것처럼.

그러니 나를 그냥 좀 불행하게 그냥 두었으면.

적당히 불행하게.

그럼 행복은 뜻밖에 찾아온다.

그냥, 어느 아침에, "너, 이거 가질래…"

"그게 뭔데?"

"행복."

나는 내가 거대한 바다 위에서 출렁인다고 생각한다.

작은 배를 타고. 홀로.

바다는 때로 잔잔하고 때로 거칠다. 나는 때때로 엎어지지만,

결국은 다시 배에 오를 수 있다. 돛대에 올라가 맨 꼭대기에서

주위를 둘러보면 어디에나 바다만 보인다.

아주 멀리 저 뒤쪽에만 가끔 육지가, 내가 떠나 온 땅이 보인다.

거기에서는 엄마가 이불을 덮어 주었고,

음식을 남기지 말아야 했고, 읽고 쓰기를 배웠다.

운동장에서 축구를 했고, 처음으로 극장에 갔었지.

그곳에서 한 소녀가 내 팔을 잡고 나에게 미소를 지었고

나는 갑자기 어지러워 쓰러졌는데, 일어서려 하자

어느새 바다 위를 출렁이는 이 배에 타고 있었다.

분명, 방금 전까지 발 밑은 굳은 땅이었는데.

너를 생각한다.

　　　'너'라는 단어만큼 내가 자주 생각하는 말도 없다고.

　　　'나비', '노래', '누리'의 니은

　　　(너를 생각하는데 디귿은 아무런 상관이 없지!)

　　　'거울', '서늘', '처음'의 어.

　　　얼마나 멋진 말인지!

　　　너만 생각하고 싶어. 너, 너, 너.

생각을 생각한다. 지난 생각, 딴생각, 이 생각, 저 생각,

있는 생각, 없는 생각, 좋은 생각, 나쁜 생각, 낡은 생각,

새 생각, 새 생각? 새 생각이 대체 뭐지?

그럼 헌 생각은? 닳은 생각도 있나? 그러고는 내가

아주 오래 전에 넣었던 골 생각을 하게 된다.

학교 다닐 때, 왼쪽 구석 꼭대기로 들어간 내 생애 최고의 골.

다들 손뼉을 쳤다. 나도 내가 어떻게 중앙선으로

돌아가고 지나가고 떠나왔는지 기억나지 않는다.

나는 점점 멀리 뛰어나갔고 결국 시야에서 벗어나 행복해질,

정말로 행복해질 때까지 뛰었다. 그때 내가 원했던 건 그거였다.

시야에서 벗어나고 행복하기.

지금도 마찬가지다.

나는 깨달았다고 생각한다.

　　그래서 테이블 위로 올라가, 행복에 겨워 춤을 춘다.

　　"이제 알았어. 알았다고!"

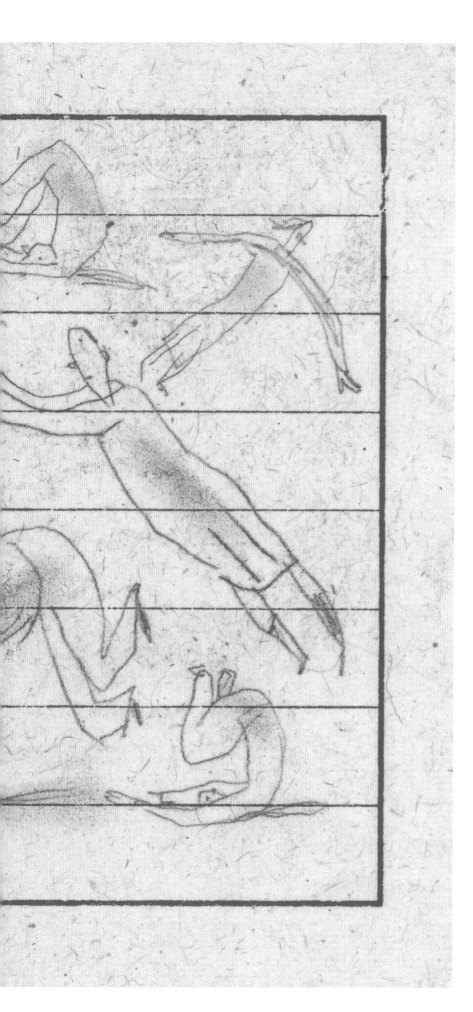

갑자기 누군가가 들어와

춤추는 나를 본다.

"무슨 일이에요?"

"알았다고요!" 나는 외치고,

한두 스텝을 더 밟는다.

"무엇을 알았다는 거죠?"

나는 대답하려고 했지만 갑자기 기억이 안 났다.

그래서 "아무것도 아니에요."라고 말했다.

나는 가끔씩 내가 저지르지 않은 살인을 생각한다.

나는 체포된다.

"난 아니에요!"

"아니까 소리지르지 마요."

그들은 나를 심문한다.

"자백하지 말아요." 그들이 말한다.

"당신을 의심하는 건 아니니까."

나는 자백하지 않는다. 재판이 열린다.

변호사는 나에게 죄를 자백하라고 한다.

"그게 최선이에요."라고 말하며.

"만일 당신이 유죄였다면 다 부인하라고 조언했을 겁니다."

하지만 나는 계속 무죄를 주장한다.

판사는 내가 그 살인을 저질렀을 리 없다는 내 말에 동의해 준다.

나의 알리바이는 의심의 여지가 없었다.

그는 판결을 내린다.

사형은 폐지되었지만, 나는 어느 날 아침 형무소 안뜰로 끌려 나가

다른 무고한 이들이 양철 그릇과 냄비를 두드리는 가운데

교수형을 당한다.

이런 생각이 때로는 떠오른다.

머릿속에서는 온갖 연극이 다 벌어지는구나.

내가 세상의 중심이라고 생각한다.

하지만 소리 내 말하면 다들 나를 보고 웃겠지.

그런 걸 바로 온 세상이 비웃는다고 하는 거다.

"당신이 세상의 중심이라고?" 그들이 얘기한다.

"우리는 모두 중심이겠네. 수 억 명 모두가.

당신은 아니야. 주위를 한번 둘러보라고.

한 발만 잘못 디디면 세상 밖으로 떨어지는 거야.

그리고, 당신이 심연으로 사라지면 우리는

그걸 보며 어깨만 한번 으쓱할 거야."

나는 '나만 빼고 다들…'이라고 **생각한다.**

그렇게 생각을 시작할 때가 자주 있다.

난 왜 그렇게 자주 다들 어떤 지를 생각하지?

중국, 잠비아, 갈라파고스 제도의 사람들도

그 다들에 포함되나?

거기에는 나하고 똑같은 사람들이 살고, 그들도

'나만 빼고 다들…'이라고 생각할 수도 있겠지.

그리고 그들은 그들과 똑같은 생각을 하는

내가 있다는 것도 모를 것이다. '다들'은 없다.

'나'는 어디에나 있지.

하지만 나는 다시 똑같은 생각을 하고 있다.

'나만 빼고 다들…'

나는 가끔, 다들 아는데 나만 모르는 게 있다고 **생각한다.**

다들 나를 그렇게 이상한 눈빛으로 바라보는 건

그게 겉으로 보이기 때문이겠지. 아마 그들은

내가 죽을 때야 그게 무엇이었는지 말해 줄 것이다.

내가 그걸 모르는 채로 죽기를 바라지는 않을 테니.

나는 침대에 누워 있고, 그들은 주위에 둘러서 있다.

나는 한번 더 몸을 일으켜

지친 눈빛으로 묻는다.

"내가 모르는 게 대체 뭐였지?"

"자, 봐." 그들이 말한다. "그건 말이야, 너는…"

하지만 그들이 문장을 끝내기도 전에

나는 마지막 숨을 내쉰다.

딱 한 번, 나는 내가 무엇이든 할 수 있다고 **생각한다.**

가끔씩 나는 내가 무언가 할 수 있다고 생각한다.

사실 나는 내가 아무것도 못 한다고 생각한다.

그래서 그 딱 한 번, 그게 중요하다.

그 한 번이 내가 사는 이유이다.

(나는 잠깐 턱을 긁는다.

내가 사는 이유… 그래, 그렇지!)

열살 때쯤 나는 **생각했다.** 길에서 아버지를

마주쳤을 때 아버지가 나를 알아보지 못했다고.

그때 내가 아닌 다른 일에 마음이 가 계셨던 것 같다.

자전거를 탄 아버지는 손을 흔드는 나를 보았을 때,

마치 이렇게 생각하는 것만 같았다.

'저 애는 누구지? 아는 애인가?'

그러고는 아버지도 나를 향해 손을 흔들며 가셨다.

한 시간 후 우리는 식탁에 마주 앉았다. 아버지는 나에게

고개를 끄덕이며 어떻게 지내는지 물으셨다.

그때는 다행히 나를 알아보셨다. 어려운 일은 아니었다.

옆에 앉은 형제들과 닮았으니까.

나는 내가 모든 사람을 사랑하면

다들 나를 싫어할 거라고 생각한다.

　　"쟤 보여?"

　　"응."

　　"쟤는 모든 사람을 사랑해."

　　"그래? 나도?"

　　"응. 모든 사람을. 그러니까, 너하고 나도 사랑하지."

　　"나를 사랑하는 거 싫은데."

　　"나도 싫어."

　　"진짜 웃기는 애네."

　　"그러게."

　　그렇게 내 말을 하겠지.

　　나는 가장 위험하고 사악한 범죄자들도 사랑할 수 있다.

　　내키면 나를 고문하고 천천히 죽일 수 있는 범죄자까지.

　　하지만 나는 꽤 많은 사람들을 사랑하고

　　몇 명만 아주 끔찍이 혐오하니 천만다행이다.

　　그리고 내가 정말로 사랑하는 사람은 단 한 명이다.

　　그 한 명을 얼마나 사랑하는데!

나는 나에게 무언가 부족한 게 있다고 **생각한다**.

그리고 그렇기를 바란다.

나에게 부족한 게 없다면 인생은 회색 잿빛이고, 우울하고,

쓸쓸하고, 찝찝하고, 끈끈하고, 갑갑하고, 멍청하고, 조잡하고,

지루하고, 지긋지긋하고, 쓸쓸하고, 밋밋하고, 밍밍하겠지.

그냥 몇 가지만 말하자면 그래.

하지만 나에게 부족한 게 뭐지? 남들은 있으면서도

정작 본인들은 있는지도 모르는 거?

솔직히 잘 모르겠다.

내가 사람이 아니라면 새였으면 좋겠다고 생각한다.

바람을 타고 파도 바로 위를 날며, 다른 갈매기들에게
"같이 가자, 같이 가자!" 하고 외치는 갈매기. 아니면
아무도 오지 않는 깊은 숲 속 검은 딱따구리도 좋고.
새를 좋아해서 마당에 빵 조각을 늘 남겨 주는 사람의
마당에 사는 참새도 괜찮고.

내가 생물이 아니라면 멜로디였으면 좋겠다고 **생각한다.**

사람도 동물도 나무도 꽃도 아니라면 말이야.

누구나 알고, 누가 휘파람을 불거나 흥얼거릴 때마다

다르게 울려 퍼지는 맑은 멜로디. 열 살 난 소년이

더운 여름 저녁 자기 방 열린 창문을 통해 멀리서 들려오는

－한 소절만－ 듣고도 따라서 휘파람을 불어 보는,

다들 아름답다고 생각하고 다시는 전쟁이 일어나지 않도록

하는 그런 멜로디

생각에는 정말 여러 종류가 있다고 생각한다.

알기, 추측하기, 믿기, 의심하기, 확정하기,

확인하기, 결정하기, 아쉬워하기, 거절하기,

철회하기, 좌절시키기, 인정하기, 부인하기 등등.

온갖 종류의 생각하기. 이 생각들은 번갈아 교대한다.

마치 내 머릿속 무언가를 지키려고 보초 서는 듯.

무엇을 지키는지는 나는 모른다.

생각을 안 하는 건 다만 잘 때 뿐.

그때만 잠시 도망칠 수 있다.

나는 행복하다고 생각한다.

그런데 왜 확신이 없을까?

그리고 왜 나는 행복하면 늘

동시에 불행할까?

행복에는 어딘가 문제가 있고 무언가 부족하다.

그게 무엇인지 알 수만 있다면.

그래도 나는 가끔씩은 꿈도 못 꿀만큼 정말로 행복하고,

그러면서도 동시에 그냥 아주 조금 불행하다.

그냥 아주 아주 조금 불행하다.

나는 분명하게 알지 못하는 것들도 기꺼이 생각한다.

　'이 책은 예쁜가?'

　'하루에 사과 한 개는 건강에 좋은가?'

　'내일은 날씨가 좋을까?'

　'X가 나를 좋아하나?'

　하지만 그런 생각을 하는 건 목숨이 위험한 곳,

　두께가 1센티미터밖에 되지 않는 살얼음이 덮인

　호수에 발을 내딛는 일과 마찬가지다.

　나는 아주 빠르게 스케이트를 타야 한다.

　내 뒤에서 얼음이 갈라지고, 출렁이고, 부러진다.

　더 빨리! 더 빨리! 너무 늦었다. 얼음이 갈라지고

　물밑으로 가라앉았다.

　봄에 발견되었다. 갈대와 왜가리, 물가의 버드나무,

　부드러운 봄빛 사이에서. X는 나에게로 몸을 굽히고

　그것이 나라고 짐작을 하지만

　그게 그녀에게 무슨 상관이겠는가?

　이 무슨 웃기는 생각인지.

그날이 오리라고 생각한다. 그날 나는⋯

　　아니, 그날, 말도 안 되는 그날은 이제 그만.

　　오지 않고, 절대 안 오고, 올 수도 없는 그날.

　　그만! 뭐 좀 나은 걸 생각해 봐! 적어도

　　상상이라도 가능한 무언가를⋯ 그래도

　　다시 나는

　　그날이 오리라고 생각한다. 그날 나는⋯.

나는 내가 앞으로 가지 않고 뒷걸음질친다고 생각한다.

　　내 앞에는 지금까지 살아온 인생이 있다. 모든 것이 보인다.

　　사람들과 집들, 사건들. 모든 것들이 점점 더 멀어진다.

　　내 뒤에는 앞으로 올 일들이 놓여 있다. 거기에는 아무것도

　　보이지 않고, 나는 그리로 향해 간다.

　　어깨 너머로 뒤쪽을 한번 넘겨본다. 하지만 쉬운 일은 아니다.

　　잠깐씩 순간들이 보이지만, 정말 무엇이 오는지 보이지는 않는다.

　　왜 나는 돌아서서 앞을 향해 달리지 않는 걸까?

　　그럼 내가 못 본 것, 볼 수 없었던 것에

　　발이 계속 걸리지는 않을 텐데.

나는 거울을 볼 때마다 생각한다.

　　　친구야, 네가 무슨 생각을 하는지 알 수 있다면…
　　　거울에 비친 나의 모습은 나 자신보다 훨씬 순하고
　　　상냥하고 친근하다.
　　　하지만 그 친구 생각도 과연 그럴까?
　　　그건 알 수 없지…… .

나는 **생각한다.** 이 세상에 _ 살았던, 지금 살아 있는

그리고 앞으로 살아갈 _ 그 누구도 모르는 무언가가 있다고.

아무도 모르는 그것을, 깨닫고 나면 누구라도 이마를 치며

'왜 이걸 이제야 알았을까' 생각할 정도로 단순할지 모른다.

그럼에도 아무도 모른다.

어딘가에는 이것을 거의 알아내는 누군가가 있을 수도 있다.

이것에 닿을락말락 스쳐가고, 어쩌면 발이 걸려 넘어지면서

꼭 짚어 말할 수 없는 낯선 종류의 흥분을 느끼는 사람이.

생각은 실수라고 **생각한다.** 우리 머릿속에는

원래 분명 뭔가 다른 것, 태양이 어두움을 상상할 수 없듯이

우리가 상상할 수 없는 그 무엇이 있었어야 한다고.

실수다!

우리 모두의 머릿속에는 환상적인 것들이 얼마나

많이 있을 수 있었을까 – 태어났을 때부터!

하지만 사람이 살아 있는 한 생각하는 걸 멈출 수 없고,

잠시 미뤄둘 수도 없다.

생각은 지배한다.

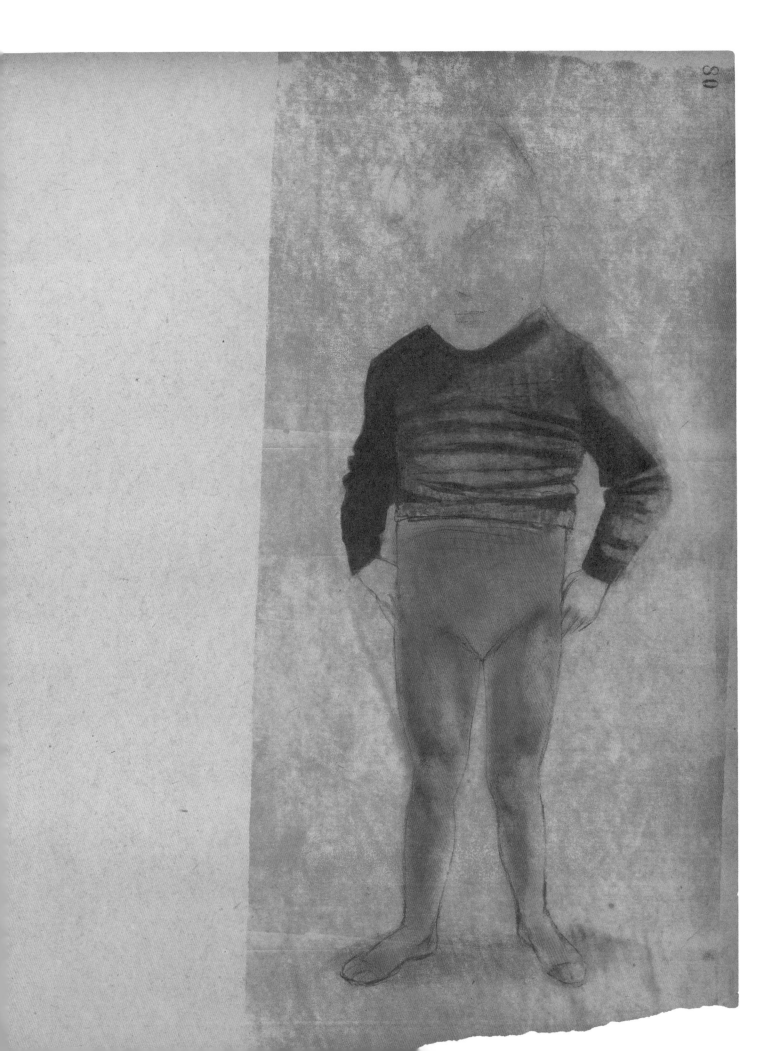

생각한다.

네가 나를 좋아한다고

네가 나를 안 좋아한다고 생각한다.

네가 나를 좋아한다고 생각한다.

네가 나를 안 좋아한다고…

내 재킷에는 단추가 하나 없다.

언제 떨어졌지?

그리고 왜 몰랐을까?

생사가 걸릴 만큼 중요한 일은 별로 없다.

이 단추도 그 중 하나다.

온갖 사람들의 모습이 당신 앞에 다시 나타난다

잉그리드 고돈 벨기에 태생으로 30년 넘게 그림책과 다양한 일러스트레이션 작업을 했다. 볼로냐국제아동도서전에서 여러 차례 주목 받았으며, 2001년 벨기에 최우수 그림책상을 수상한 이래 지금까지 벨기에 대표 작가로 왕성하게 활동하고 있다. 연필과 물감, 사진과 조소까지 다양한 기법으로 동시대를 살아가는 사람들의 모습을 즐겨 그린다. 이 책으로 "2015년 벨기에 최고의 일러스트레이션상(BOEKENPAUW)"을 수상했다.

톤 텔레헨 1941년 네덜란드에서 태어났고 의학을 공부했다. 의사로 일하면서 다수의 시집을 발간했으며, 1985년 《하루도 지나지 않았어요》를 발표하면서 동화 작가로 활동하기 시작했다. 이해하기 어렵고 종잡을 수 없는 인간의 내면을 철학적이면서 유머러스하게 담은 다양한 작품들로 폭넓은 독자들에게 사랑 받고 있다. 1997년 테오 티센 상(네덜란드 어린이 문학상)을 수상, 네덜란드 최고의 동화 작가로 자리매김했으며, 《천재 의사 데터 이야기》는 2004년 오스트리아 청소년 어린이 문학상을 받았다.

안미란 서울 태생으로 서울대학교에서 국어교육을 전공했다. 이후 독일에서 언어학을 전공하면서 스칸디나비아 어문학과 네덜란드 어문학을 부전공했다. 영어와 독일어로 된 전공 서적들을 우리말로 옮겼고, 토베 얀손의 《여름의 책》과 외스트뷔 자매의 《해마를 찾아서》, 사라 스트리스베리의 《우리는 공원에 간다》 등 스칸디나비아 언어권 문학, 비문학 책도 옮겼다. 현재 주한독일문화원에 근무하면서 다양한 교육을 지원하는 등 바쁜 일상을 보내고 있지만, 이 책의 그림에 반해 우리말로 옮겼다.

003 · 생각한다 초판 1쇄 발행 2024년 7월 11일 · 그림 잉그리드 고돈 · 글 톤 텔레헨 · 번역 안미란 · 편집 민찬기 · 디자인 민트플라츠 송지연 · 펴낸 곳 LOB 출판등록 · 2014년 6월 10일 (제2024-000001호) · ISBN 979-11-86825-37-2 03850 · 〈Ik denk〉 © 2014, Lannoo Publishers. For the original edition. Translated from the Dutch language. www.lannoo.com All rights reserved. © 2024, LOB. For the Korean edition Published by arrangement with Lannoo Publishers, through SAM Agency, Seoul. 이 책의 한국어판 저작권은 샘 에이전시를 통해 저작권자와 독점 계약한 LOB에 있습니다. 저작권법에 의하여 한국 내에서 보호를 받는 저작물이므로 무단전재와 복제를 금합니다. LOB(롭)은 그림책공작소의 새로운 단행본 브랜드로 그림책의 지대를 넓혀갑니다. ⓞ lob_publisher ✉ lobpublisher@naver.com 값 34,000원

나는 생각한다.

그리고 한 생각은 거의 다

바로 잊는다.

그러니 나는 생각하는 거의 모든 것을

생각할 필요도 없었다.

그런데 왜 이 고생을 하는 걸까?

모르겠다.